Vente du Samedi 1er Décembre 1883

HOTEL DROUOT, SALLE N 7

A DEUX HEURES

JOLIE COLLECTION

DE

PORCELAINES DE SÈVRES

BEAUX BIJOUX

MEUBLES ANCIENS ET DE STYLE

TABLEAUX, AQUARELLES

Bronzes, Dessins, Miniatures

EXPOSITION PUBLIQUE

Le Vendredi 30 Novembre 1883, de 1 heure 1/2 à 5 heures 1/2.

M⁐ ESCRIBE	**M. A. BLOCHE**
COMMISSE-PRISEUR	EXPERT
rue de Hanovre, n° 6	rue Laffitte, n° 44

PARIS — 1883

Ve RENOU, MAULDE et COCK

IMPRIMEURS DE LA COMPAGNIE DES COMMISSAIRES-PRISEURS

Rue de Rivoli, 144.

CATALOGUE

D'UNE JOLIE COLLECTION

DE

PORCELAINES DE SÈVRES

DE CHINE ET AUTRES

BEAUX BIJOUX, ARGENTERIE

Objets de vitrine, Bijoux anciens, Bronzes d'art et d'ameublement

TABLEAUX, AQUARELLES

MINIATURES, DESSINS

MEUBLES ANCIENS ET DE STYLE

CURIOSITÉS DIVERSES

Dont la vente aura lieu

HOTEL DROUOT, SALLE N° 7

Le Samedi 1ᵉʳ Décembre 1883

A DEUX HEURES

Mᵉ ESCRIBE	M. A. BLOCHE
COMMISᵗᵉ-PRISEUR	EXPERT
rue de Hanovre, n° 6	rue Laffitte, n° 44

EXPOSITION PUBLIQUE

Le Vendredi 30 Novembre 1883, de 1 heure 1/2 à 5 heures 1/2.

——

PARIS — 1883

CONDITIONS DE LA VENTE

Elle sera faite au comptant.

Les Acquéreurs paieront CINQ POUR CENT, en sus des adjudications, applicables aux frais.

Il ne sera admis aucune réclamation, une fois l'adjudication prononcée.

DÉSIGNATION

TABLEAUX, AQUARELLES, DESSINS

ANGELIS (De)

1 — Le Galant et la Bouquetière.

Belle aquarelle.

ANGELIS (De)

2 — La Protestation

Pendant de la précédente.

Aquarelle.

BARILLOT

3 — Bœufs au pâturage.

4 — Passage du gué.

BAULARD

5 — Marine.

BEAUME

6 — Charge de cavalerie.

Aquarelle.

BRASSAUW (Melchior)

7 — Enfant à la gerbe.
8 — Enfant faisant une bulle de savon.

BRAUWER

9 — Buveurs attablés.

CARLANDI

10 — Du haut de la terrasse.

Belle aquarelle.

CHARLET

11 — Le Mont Blanc.

Jolie aquarelle.

CHARLET

12 — L'Hiver.

Aquarelle.

CHARLET

13 — Près du feu.

> Aquarelle.

CHARLET

14 — Le Grenadier.

> Dessin.

CORNILLIET (J.)

15 — Ramasseuses de varech.

DAVID (Louis)

16 — L'Aumône du cavalier au pèlerin.

> Aquarelle.

DEBACQ

17 — Les Saltimbanques.

> Aquarelle.

DOMINICI

18 — Les Faiseurs de fagots en Italie.

> Belle aquarelle.

FIELDING (Newton)

19 — Paysage avec canards.

Aquarelle.

FRACIECO

20 — Paysage avec cours d'eau.

Aquarelle.

GIRARD

21 — Vue de Venise (Effet de soir).

Importante aquarelle.

GIRARD

22 — Paysage d'Italie animé de nombreuses figures.

Grande aquarelle.

GOYEN (Jan Van)

23 — Marine.

Signé du monogramme et daté.

GUILLEMIN

24 — A la fontaine.

MAROHN

25 · La Chevrière et la Bouquetière.

Aquarelle.

HERST

26 — Une Rue près d'un port animée de nombreuses
figures.

Aquarelle importante.

HERST

27 — La Bûcheronne (Sous-bois).

Aquarelle importante.

HERVIER

28 — Havre-de-Grâce, un temps de chien.

Aquarelle.

HILDEBRANDT

29 — Le Marché.

Belle aquarelle.

30 — Les petits Pêcheurs.

Aquarelle.

JADIN

31 — Intérieur de cuisine.

        Aquarelle.

JAIME

32 — Les Tristesses d'un roi.

        Aquarelle.

LANÇON

33 — Le Roi du désert.

34 — Lion et Lionne.

MARTIN (Paul)

35 — Porte antique d'une ville, vue de ruines animée de figures.

        Aquarelle.

MIDY

36 — Le Duc d'Orléans à cheval.

        Aquarelle.

MONGE (Jules)

37 — La bonne Bouteille.

OUVRIÉ (JUSTIN)

38 — Vin de Hollande.

Aquarelle.

DOM PAPETY

39 — Le Duo d'amoureux.

Dessin.

PLASSAN

40 — Paysage (bords de Marne).

ROQUEPLAN

41 — Étude.

ROQUEPLAN

42 — La Promenade.

Aquarelle.

SOULÈS (EUGÈNE)

(Deux pendants)

43-44   Vues de Suisse.

Aquarelles.

SCHOUMAKOFF

45 — Rêverie.

46 — Fantaisie.

THOREN (OTTO VON)

47 — Bestiaux à l'ombre.

48 — Tableaux non catalogués.

—

BIJOUX, ARGENTERIE, OBJETS
DE VITRINE

49 — Belle Bague composée d'un joli rubis entouré de
dix brillants.

50 — Belle Bague, composée d'un joli saphir et de
beaux brillants.

51 — Bracelet en or mat, enrichi de perles.

52 — Très jolie Châtelaine, avec montre toute pavée de
perles et de diamants.

53 — Grand et beau Bracelet en or mat, enrichi de
grosses turquoises, de brillants et de roses.

54 — Grand et beau Médaillon en or mat, enrichi de brillants, de rubis et d'émeraudes, avec devise : DIEU VOUS GARDE.

55 — Trois Églantines en brillants.

56 — Bracelet, enrichi d'une émeraude et de brillants.

57 — Paire de Boucles d'oreilles composées de rubis entourés de brillants.

58 — Broche, forme nœud, en brillants.

59 — Bracelet enrichi d'un gros brillant.

60 — Grande Croix en brillants.

61 -- Bague enrichie de rubis et de brillants.

62 — Bague formée d'une turquoise entourée de brillants.

63 — Paire de Boucles d'oreilles : brillants solitaires.

64 — Face-à-Main en or.

65 — Jolie petite Montre en or, offrant sur le boîtier un émail peint représentant Louis XV chez la Du Barry.

66 — Montre en argent avec double boîtier en écaille piquée, époque Louis XIV.

67 — Paire de jolies Boucles d'oreilles en or, à pampilles enrichies d'émeraudes et de perles. Louis XIII.

68 — Paire de grandes Boucles d'oreilles en or,
topazes et perles.

69 — Pendentif émaillé, enrichi de perles, xvie siècle.

70 — Boîte en vieux Saxe, décor à médaillons (Scènes
maritimes), monture à charnière et à griffes.

71 — Bonbonnière en vernis Martin, avec médaillon
sur le couvercle, allégorie du *Colin-Maillard*.

72 — Deux Boucles en strass, monture en argent et or,
Louis XVI.

73 — Beau Pendentif en or émaillé, offrant de chaque
côté des sujets en verre églomisé, xvie siècle.

74 — Joli Reliquaire en verre églomisé, représentant
des sujets religieux, monture en argent doré,
xvie siècle.

75 — Châtelaine en or et émail bleu, avec petite casso-
lette émaillée, Louis XVI.

76 — Broche, forme fleur, en or émaillé, enrichie de
chatons en rubis, xvie siècle.

77 — Épingle en camée dur à deux couches (Buste
d'homme), monture en or.

78 — Belle Boîte à thé en argent ciselé et émaillé. Tra-
vail japonais.

79 — Broche en or, avec un émail.

80 — Broche de fichu en or, enrichie de deux camées
durs.

81 — Collier, style Renaissance, enrichi de pierres fines.

82 — Broche ornée de chrysolites.

83 — Paire de Pendants d'oreilles en or et rubis.

84 — Cadre en or, enrichi de perles fines.

85 — Collier en saphirs et brillants.

86 — Montre en or, de l'époque Louis XVI.

87 — Statuette en ivoire, représentant Léandre.

88 — Miroir en argent.

89 — Quatre Salières en argent.

90 — Reliquaire en argent.

PORCELAINES DE SÈVRES

ET AUTRES

91 — Très joli Vase avec couvercle en ancienne porcelaine de Sèvres, pâte tendre, décor fond bleu turquoise, à bouquets de roses détachés, réservés dans des petits médaillons fond blanc. Monture en bronze ciselé et doré, gorge à jour représentant la chaînette, anses forme grecque avec mufles de lions, pied à feuilles d'acanthe et tors de laurier, époque Louis XVI.

92 — Deux jolis petits Vases, forme ovoïde, avec couvercles en ancienne porcelaine de Sèvres, pâte tendre, décor fond bleu turquoise à bouquets de roses détachés. Monture en bronze ciselé et doré. Époque Louis XVI.

93 — Deux jolis Compotiers à bords festonnés, en ancienne porcelaine de Sèvres, pâte tendre, fond bleu turquoise, avec médaillons à fleurs et fruits au centre ; encadrements à rehauts d'or.

94 — Deux Tasses avec Soucoupes en ancienne porcelaine de Sèvres, pâte tendre, décor fond bleu dit de Vincennes, avec médaillons d'oiseaux réservés sur fond blanc ; encadrements à rehauts d'or.

95 — Beau Plateau quadrangulaire en ancienne porcelaine de Sèvres, pâte tendre, décor à médaillons fond bleu turquoise au centre, encadré de rehauts d'or et de guirlandes de fleurs se détachant sur fond blanc. Bordure bleu turquoise avec guirlandes à rehauts d'or.

96 — Trois Tasses avec soucoupes en ancienne porcelaine de Sèvres, pâte tendre ; décor fond bleu turquoise rehaussé d'or, avec médaillons à fleurs.

97 — Petite Chocolatière en vieux Sèvres, pâte tendre ; décor bleu turquoise rehaussé d'or.

98 — Petite Tasse avec Soucoupe en vieux Sèvres, pâte tendre ; décor gros bleu avec médaillons à oiseaux ; encadrements à rehauts d'or.

99 — Petite Tasse cul-de-poule avec soucoupe en vieux Sèvres, pâte tendre, fond bleu turquoise piqueté d'or et médaillons à fleurs.

100 — Tasse droite avec Soucoupe en vieux Sèvres, pâte tendre, décor à fleurs et guirlandes, bordure à lambrequins rehaussés d'or.

101 — Beau Service en porcelaine de Sèvres moderne, décor or sur fond bleu agate, composé de :

> 100 Assiettes avec bouquet de fleurs au centre.
> 1 grande Corbeille.
> 2 petites Corbeilles.
> 4 Compotiers hauts.
> 4 Compotiers bas.
> 4 Compotiers bas, à anses.
> 4 Assiettes à pieds.
> 4 Guéridons à trois étages.
> 2 Sucriers ovales avec plateaux et couvercles, décorés de guirlandes de fleurs.
> 2 grands Vases formant seaux à glace.

102 — Tasse et Soucoupe en vieux Sèvres, pâte tendre, fond blanc à fleurs.

103 — Sucrier en ancienne porcelaine de Sèvres, pâte tendre.

104 — Tasse en vieux Sèvres, pâte tendre.

105 — Bas-Relief en biscuit de Weedgwood.

106 — Deux Chandeliers en Wedgwood.

107 — Un Plat en porcelaine de Chine de la famille verte.

108 — Un autre Plat, plus petit, même porcelaine.

109 — Deux grandes et belles Bouteilles en porcelaine de Chine, forme octogone, riche décor d'objets d'ameublement et de vases de fleurs en relief et à rehauts d'or.

—

MINIATURES

110 — Miniature sur ivoire : Portrait de grande Dame jouant du clavecin.

111 — Miniature sur ivoire : Portrait d'une grande **Dame** en costume Louis XVI, tenant des roses, coiffée d'un chapeau à plume. Signée Rouvier et datée.

112 — Miniature sur ivoire du temps de Louis XVI : la Demande en mariage.

113 — Médaillon sur ivoire, décor vernis Martin, représentant la Main-Chaude.

114 — Petite Gouache, représentant des Cavaliers dans un paysage, attribuée à Savignac.

BRONZES D'ART ET D'AMEUBLEMENT
ÉMAUX CLOISONNÉS

115 — Pendule avec socle d'applique en marqueterie de cuivre et d'écaille, richement ornée de bronzes dorés. Cadran signé de *Lamberton à Paris*.

116 — Deux Bouteilles en émail cloisonné de Chine, fond bleu turquoise à fleurs.

117 — Deux Groupes de petits faunes en bronze, tenant l'un un Hibou, l'autre une Perdrix.

118 — Groupe de Chinois sur un poisson.

119 — Jolie Pendule forme cage, monture en bronze finement ciselé et doré, style Louis XVI.

120 — Deux belles Cassolettes en marbre blanc, forme brûle-encens, montées en bronze ciselé et doré, style Louis XVI.

121 — Paire de Flambeaux en bronze doré et ciselé, style Louis XVI,

122 — Deux Cadres en bronze ciselé et doré, style Louis XVI.

123 — Deux Statuettes en bronze : l'Amour et Psyché.

124 — Deux Statuettes en bronze : Voltaire et Jean-Jacques Rousseau, sur socles en marbre.

125 — Deux Bas-Reliefs en bronze de Barye.

126 — Oiseau en bronze de Barye.

127 — Deux Vases en bronze du Japon.

MEUBLES

128 — Beau Cabinet hispano-arabe, richement décoré à
l'intérieur, monté sur un bahut s'ouvrant à
tiroirs et peint en rouge et or, xvi° siècle.

129 — Meuble curieux, de forme monumentale, en
écaille, ivoire et émaux peints, époque
Louis XIII, posé sur une table-tréteau en bois
noir incrusté d'ivoire.

130 — Petit Cabinet en bois noir, orné de peintures
sujets de chasse, époque Louis XIII.

131 — Grande et belle Table de salon en bois sculpté et
doré, style Louis XVI.

132 — Belle Console en bois sculpté et doré, style
Louis XVI.

133 — Grand Tapis d'Aubusson.

134 — Deux Gaînes en marbre onyx.

135 — Guéridon en bois de Chine burgauté.

136 — Bureau en bois noir incrusté d'ivoire.

137 — Lustre en verre de Venise.

138 — Quatre Chaises en bois noir orné d'incrustations d'ivoire.

139 — Deux Fauteuils, de forme basse, en bois sculpté style Renaissance.

140 — Paravent en acajou et glaces.

141 — Deux Étagères en bois sculpté et doré.

142 — Paravent à quatre feuilles en laque.

143 — Pouf en bois doré.

144 — Objets non catalogués.

V⁰ Renou, Maulde et Cock, impr⁰ de la Compagnie des Commissaires-Priseurs, rue de Rivoli, 144.   43031

RED. :

20

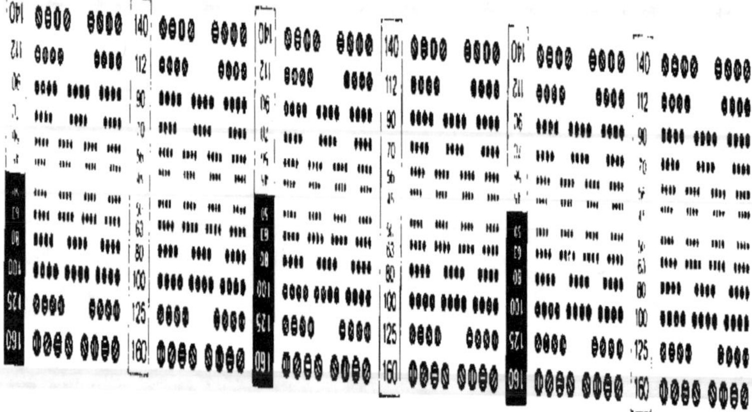

MIRE ISO N° 1
NF Z 43-007
AFNOR
Cedex 7 - 92080 PARIS-LA-DÉFENSE
graphicom

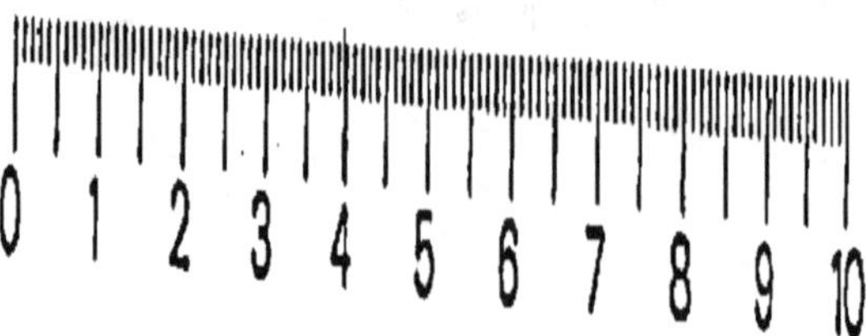

0 1 2 3 4 5 6 7 8 9 10

BIBLIOTHEQUE NATIONALE DE FRANCE

****

CHATEAU DE SABLE

1996